16	3	2	13
5	10	11	8
9	6	7	12
4	15	14	1

Ivana Arruda Leite

CONFIDENCIAL
ANOTAÇÕES SECRETAS
DE UMA ADOLESCENTE

Ilustrações de Bianca Viani

editora 34

EDITORA 34

Editora 34 Ltda.
Rua Hungria, 592 Jardim Europa CEP 01455-000
São Paulo - SP Brasil Tel/Fax (11) 3816-6777 www.editora34.com.br

Copyright © Editora 34 Ltda., 2003
Confidencial © Ivana Arruda Leite, 2003
Ilustrações © Bianca Viani, 2003

A FOTOCÓPIA DE QUALQUER FOLHA DESTE LIVRO É ILEGAL, E CONFIGURA UMA
APROPRIAÇÃO INDEVIDA DOS DIREITOS INTELECTUAIS E PATRIMONIAIS DO AUTOR.

Capa, projeto gráfico e editoração eletrônica:
Bracher & Malta Produção Gráfica

Ilustrações:
Bianca Viani

Revisão:
Cide Piquet

1ª Edição - 2003 (1ª Reimpressão - 2008)

Catalogação na Fonte do Departamento Nacional do Livro
(Fundação Biblioteca Nacional, RJ, Brasil)

       Leite, Ivana Arruda
L716c   Confidencial: anotações secretas de
uma adolescente / Ivana Arruda Leite; ilustrações
de Bianca Viani — São Paulo: Ed. 34, 2003.
96 p.   (Coleção Infanto-Juvenil)

ISBN 85-7326-265-6

       1. Literatura infanto-juvenil - Brasil.
I. Viani, Bianca. II. Título. III. Série.

CDD - B869.3

CONFIDENCIAL
Anotações secretas de uma adolescente

Querido diário	7
Mudando de casa	10
Passeios obrigatórios	14
O primeiro sutiã, o primeiro beijo	18
Briga de pai e mãe	21
Meu amado irmão	23
Ciúme de amiga	26
Tio Mário	30
Menino mais velho	33
Piercing	36
A paquera das primas mais velhas	38
Meninas revoltadas	41
Deus ou não Deus, eis a questão	43
A fatídica história do *milk-shake*	47
Gravidez	49
Beleza, gordura e outras torturas	51
Drogas, drogas, drogas	55
Sou criança ou sou adulta?	59
Teste vocacional	61
Terapia	66
Turbo	69
Preconceito	72
A morte do Dado	75

Férias em Porto Seguro 77
De volta pra casa 79
Perua por um dia 82
Desilusão amorosa 85
Achados e perdidos 88
The end 91

QUERIDO DIÁRIO

Olá.
Oi.
Boa tarde.
Eu nunca tive diário, por isso não sei como começar.

Ontem dei uma geral na minha escrivaninha (fato raríssimo!) e encontrei esse diário que eu ganhei da tia Bi, uma tia maravilhosa que eu amo de paixão.

Minhas amigas todas têm diários, onde escrevem tudo que acontece com elas.

É estranho esse papo de diário.

Parece que eu estou falando com outra pessoa.

Quem é essa pessoa que me escuta enquanto escrevo? Seria um fantasma ou será que diário também é gente? Será uma outra parte de mim?

Claro que estou falando comigo mesma. É parecido com terapia. A gente vai falando o que dá na telha. Só que aqui eu escrevo o que eu quiser, sem os "palpites" da Marta, minha terapeuta.

Não terei segredos neste diário, pacto de sangue de

só falar a verdade, nada mais que a verdade. Só ele saberá de mim.

Na capa, preguei uma etiqueta bem grande escrito *Confidencial*. Se me respeitarem, não abrirão (me refiro à minha mãe e ao meu querido irmão), se não me respeitarem, saberão que estão fazendo uma coisa horrorosa e espero que isto lhes pese muito na consciência.

Pra começar, devo falar que meu nome é Ana Laura, fiz 15 anos em março, sou do signo de Peixes, o das pessoas mais sensíveis.

Choro à toa, sou toda cheia de chiliques, sentimentalismos, mágoas, tenho uma alma sonhadora. Se bem que não sou nenhuma babaca e também tenho meu lado pauleira.

Quando fico brava, tenho verdadeiros ataques. Deve ser por causa do meu ascendente Escorpião. Minha mãe também é de Escorpião e de vez em quando a gente tem uns pegas brabos. Apesar da gente se adorar. Às vezes estamos aos beijos, às vezes aos berros, como toda mãe e filha.

Tenho um irmão mais velho, chamado Rui. Como todo irmão mais velho, o meu também é um saco. A gente briga feito cão e gato. Quando éramos menores era pior ainda. A gente vivia se pegando. Eu chorava e ele saía de bonitinho da história, como todo irmão mais velho.

Ele é o queridinho da mamãe. Eu sou a queridinha

do papai. Claro que meus pais não assumem isso. Dizem que amam os dois igual, que não tem diferença, mas é papo.

Tudo que meu irmão faz, minha mãe perdoa, acha lindo, maravilhoso. Já eu, sou sempre a culpada de tudo.

Para o meu pai, tudo que eu faço é uma gracinha e o que o meu irmão faz também, porque meu pai é um amor (rá rá rá).

Apesar de brigar muito com meu irmão, eu o adoro de paixão e morro de ciúme dele. Mas isso é segredo absoluto.

Antigamente eu não podia ver meu irmão com uma namorada que eu fazia escândalo, virava a cara, batia o telefone, dizia que ele não estava. Agora estou melhorzinha. Até que sou simpática com as namoradas dele. Pelo menos, tento.

Eu ainda vou falar muito nele, na minha mãe, no meu pai, na tia Bi e no Turbo, meu amado cão, outra paixão da minha vida.

Enfim, falarei de tudo.

— de coisas tristes: escola, brigas com os pais, falta de grana.

— de coisas tristíssimas: desilusões amorosas.

— de coisas legais, ilegais e...

— superlegais: garotos, beijo na boca e *otras cositas más*...!

MUDANDO DE CASA

Já que eu ganhei esse diário da tia Bi, vou começar contando uma história superengraçada que aconteceu o ano passado.

Eu sempre briguei muito com minha mãe. Teve uma fase que era direto. Agora está melhor. Até que andamos legal uma com a outra.

Nessa fase pauleira, eu vivia dizendo que queria ser filha da tia Bi. Tanto falei, que um dia minha mãe se encheu e disse que eu podia ir.

— Vou mesmo — respondi. — Vou agora mesmo.

Peguei o telefone e liguei pra casa da tia Bi. Disse que precisava falar urgente com ela. Ela ficou assustada, perguntou o que era.

— Posso morar com você? — perguntei de cara.

Ela quis saber o motivo, o porquê da briga com a minha mãe, me fez contar a história inteira. Depois de me ouvir, disse que eu podia ir quando quisesse.

Comuniquei a decisão a minha mãe, que não arredou pé.

— Arrume suas coisas que eu te levo.

Expliquei para o meu pai. Ele achou meio absurdo, mas falou que eu podia fazer o que quisesse. Pus a tralha toda no carro e lá fui eu de mudança: malas, mochilas, livros, CDs, tudo.

Eu agora ia ter paz e liberdade, a coisa que mais queria! Ia morar com alguém que me compreendia e respeitava.

Minha mãe me deixou na porta, me deu um beijo e desejou boa sorte. Não quis nem entrar.

A tia Bi tinha preparado o quarto da televisão para eu ficar. Sentamos na sala e ela me deu o regulamento, os horários e as normas da casa.

— Quando você chegar da escola, veja na geladeira o que tem pra comer e prepare o que quiser. Coma à vontade, mas não deixe louça suja na pia. Depois de lavar a louça, seque e guarde tudo no armário. Após o almoço, nada de televisão. Descanse um pouco e faça as lições do colégio. Quando eu chegar, eu te ajudo no que você não conseguir fazer sozinha. Tome banho antes que eu chegue. À noite, faremos um lanche, veremos um pouco de tevê e às dez vamos dormir.

Aquilo não estava me cheirando bem. Será que eu vim para a casa da tia Bi ou para um internato? Tudo bem, podia ser apenas a primeira impressão.

Quando ela veio ao meu quarto desligar a televisão porque eram dez horas, eu vi que o negócio era sério mesmo. Já na primeira noite, não pude ver meu programa favorito. Fiquei apavorada e pela primeira vez lembrei da minha casa, da minha mãe. Senti um frio na barriga.

No dia seguinte, quando a tia Bi chegou do serviço, as broncas começaram da porta da entrada e foram até a área de serviço.

— O que faz essa mochila no meio da sala, mocinha? E essa louça na pia? E esse Nescau aberto? E esse armário escancarado? Por que não jogou esses papéis no lixo? E esse sapato no meio do quarto? Você não arrumou sua cama antes de ir pra escola? E as lições, por que não fez? Eu falei que não queria televisão à tarde. Você ainda não tomou banho? E esse telefone, tentei ligar pra cá três vezes, só deu ocupado! Vamos lá, arrumando tudo isso, a começar pela cozinha.

Fiz um bico enorme, mas não teve jeito. Tive que arrumar tudo. E o pior, sem poder reclamar de nada. Tia Bi não dava moleza.

Eu trabalhava feito uma escrava, guardava tudo no lugar, arrumava minha cama, deixava o quarto em ordem antes de ir para a escola, tomava banho todo dia, falava pouco ao telefone e, como se não bastasse, dormia às dez da noite! Me sentia no exército.

— Socorro, mamãe, me livre dessa bruxa! — foi o que pedi aos prantos à minha mãe.

Em meia hora ela estava lá embaixo, buzinando e rindo.

Desci sozinha, com a tralha toda, e deixei a chave com o zelador. Deixei também um bilhete para a tia Bi:

"Querida tia Bi,
Agradeço muito os dias que passei aqui, mas fiz as pazes com minha mãe. Estou voltando pra casa.
Um beijo da sobrinha que te adora,
Ana Laura".

Bruxa por bruxa, prefiro minha mãe, que eu conheço desde criancinha e tem mais paciência comigo.

A tia Bi pode ser um amor de pessoa, mas nenhuma tia do mundo, por mais legal que seja, se compara com a nossa mãe.

Confidencial

PASSEIOS OBRIGATÓRIOS

Tem determinados passeios que a tia Bi diz que são obrigatórios. Aqueles que eu não iria nem a pau, mas ela me obriga, senão não me leva ao restaurante japonês, nem ao cinema, nem a lugar algum.

Os tais passeios obrigatórios são exposição de artes plásticas, concerto de música clássica, balé. Até ópera eu já vi!

A tia Bi curte esse tipo de programa pra caramba. Ela adora arte e vive dizendo que, nesse mundo onde a gente vive, a arte é uma das poucas coisas que se salvam.

— Se a gente não busca refúgio na arte, vai buscar onde? Nessa cultura de massa que só aliena? — ela me pergunta.

Quando perguntei o que era cultura de massa, concluí que é tudo que eu gosto: novela, televisão, cantores da moda, filmes sem nada a ver, revistas de fofoca e toda essa bobageira que eu adoro e que não presta pra nada.

E o que é alienado?

É um bocó que só se alimenta desse lixo cultural. Sacou?

Como eu adoro sushi, não posso ficar enchendo a pança só de cultura de massa, mas tenho que engolir também as tais "guloseimas culturais" que a tia Bi me faz comer de aperitivo.

No começo eu dizia que ia dormir no tal concerto de música clássica. Mas ela tinha a resposta na ponta da língua:

— Pode dormir à vontade. Se você roncar eu te cutuco. É uma delícia dormir ouvindo Bach, Mozart, Beethoven (não sei se é assim que se escreve). Você vai ver que soninho legal você vai ter.

Com a tia Bi não tem escapatória. Depois ela me explicou que isso que eu pensava que era sono, na verdade, era um estado de relaxamento em que a gente fica quando escuta algo muito bom. Sei lá. Uma espécie de prazer novo que a gente desconhece.

Claro que, de tanto ir a concertos, acabei gostando um pouco. Não muito, mas alguns compositores eu até curto, principalmente os mais modernos. Música contemporânea, então, é uma maluquice só. Bem legal.

A ópera que eu vi foi Il Trovatore (acho que é assim que se escreve), e como a tia Bi tinha me contado a história antes, eu entendi tudo. Os enredos das óperas (que se chamam libreto) são supercomplicados, mas são legais.

Às vezes a gente não vai por puro preconceito, mas eu garanto que dá pra encarar.

A mesma coisa na pintura. Tia Bi tem muitos livros de arte. Eu era pequena e ela já me mostrava os tais livros com pinturas de todos os tempos, desde a Idade das Cavernas.

Quando comecei a ter aula de história da arte, na sétima série, foi fácil. Muita coisa eu já conhecia e botava a maior banca. O professor ficava impressionado com minha "cultura".

Além dos livros, a tia Bi também me leva a museus quando tem exposição importante. Na exposição do Rodin, ficamos mais de uma hora na fila da Pinacoteca, mas valeu a pena. Não só porque a exposição era maravilhosa, mas porque o *croissant* do café da Pinacoteca é o melhor de São Paulo.

Sempre que vamos à Pinacoteca, almoçamos num restaurante de comida judaica que tem lá perto. Acho aquela comida muito louca.

A primeira vez eu nem queria experimentar, mas depois do primeiro bocado, nooooosssssaaaaa, me apaixonei! É demais!

Aliás, comida exótica é com a tia Bi mesmo. Com ela eu aprendi a comer comida tailandesa (só não aconselho a usar a pimenta deles, que é MUITO ardida), indiana, vegetariana, macrobiótica etc. etc. etc.

A gente precisa ter coragem de experimentar coisas novas, seja comida, seja concerto (com C), seja um lugar que nunca fomos, seja uma pessoa que nos parece estranha.

Quem não arrisca, não petisca, e eu sou "superpetiscadeira".

Às vezes meto o bico onde não devia e me arrependo, mas isso só acontece de vez em quando (ré ré ré).

O PRIMEIRO SUTIÃ, O PRIMEIRO BEIJO

A televisão é pura enganação, né? O negócio deles é mentir pra que a gente compre o que eles estão vendendo. Vendem de tudo, chocolate, remédio, bebida, cigarro e até namoro e beijo na boca! A gente vive na onda da propaganda.

Eu já me peguei muitas vezes atazanando minha mãe pra ela me comprar coisas que eu nunca usei, só por causa dessa bendita televisão.

Mas eu entrei nesse papo pra falar das frustrações que a gente tem por conta dessa "fantasia".

O primeiro beijo, por exemplo. Cresci vendo beijos na televisão, nas revistas, no cinema. Eu e minhas amigas vivíamos tentando adivinhar como era o tal "beijo na boca". Torcendo pra chegar logo esse dia.

Na minha turma, só a Maitê tinha beijado. Perguntávamos tudo pra ela: como era colocar a língua, qual a sensação, como virava a cabeça, tudo que você pode imaginar. Mas ela sempre ficava meio sem graça e mudava de assunto.

Falavam que colocar um copo com gelo e colocar a língua dentro era igual beijar na boca. Um dia, eu e a Mirela fizemos isso para ver a sensação. Quando senti aquele gelado na língua, falei pra ela:

— Credo, parece que estou beijando um defunto.

A Mirela riu tanto que cuspiu água pelo nariz, pela boca, engasgou, acabamos as duas às gargalhadas e o chão todo molhado.

Aos poucos, todas as minhas amigas foram experimentando. Parecia que só faltava eu. Confesso que tinha um pouco de medo de não saber direito o que fazer na hora.

A Ju, minha melhor amiga, dizia para eu não me preocupar que na hora rolava. E rolou mesmo.

Foi numa festa. Eu tinha 12 anos. Tinha um menino lá, ele se chamava Alexandre e quis ficar comigo. Estava tudo legal, até que ele me beijou. Primeiro de leve, depois de língua.

"É só deixar rolar", eu me lembrava do conselho da Ju.

Foi legal. Mas fiquei meio decepcionada. Não era aquilo que eu esperava. Na verdade, não teve NADA DEMAIS. Não ouvi sininhos nem saí voando como pensava.

Comecei a achar que tinha algo errado comigo. Só depois, quando me abri com a Ju, é que eu soube que era assim mesmo.

Uma coisa é o beijo que a gente vê na televisão, no cinema, nas páginas das revistas, outra, muito diferente, é o beijo de verdade, no menino de carne e osso, e que geralmente não tem nada a ver com aquilo que a gente sonha.

Claro que depois deste primeiro beijo, não parei mais de beijar. Teve uns que foram inesquecíveis, maravilhosos.

Beijar um menino que a gente gosta até que é um pouco parecido com beijo de televisão (ré ré ré). A gente ouve sininhos, depois vê fadinhas, mas a realidade ainda é muito diferente da fantasia. Não que a realidade seja pior, mas é diferente.

Já beijar por beijar é apenas um beijo, a gente não sente nada. Apenas uma língua roçando na outra.

A primeira transa deve ser a mesma coisa.

Eu ainda não transei, minhas amigas também não, mas a gente fica imaginando como será. Só que hoje a gente já sabe que vai ser totalmente diferente do que vê na televisão.

BRIGA DE PAI E MÃE

Nada pior do que briga de pai e mãe. Meus pais sempre brigaram muito. Eu acordava no meio da noite com os dois aos berros e morria de medo. Chorava, xingava, ficava chateada, mas não adiantava nada. Eu achava que eles iam se matar e que eu ia perder o pai e a mãe ao mesmo tempo.

Estas são as piores lembranças da minha infância. Eu amava os dois e ficava completamente dividida.

Se desse razão para o meu pai, me sentia traindo minha mãe, e se desse razão pra minha mãe, me sentia injusta com meu pai. É um verdadeiro drama. Acho que os filhos tinham de ser poupados desse horror. Só quem viveu, sabe do que eu estou falando.

Confidencial

Por sorte, meu pai e minha mãe tiveram uma luz e resolveram se separar. Foi um alívio. Acabaram as brigas, os berros, as caras feias, os escândalos. Agora cada um vive numa casa e até se dão muito bem.

Minha mãe vive indo à casa do meu pai e vice-versa. Na verdade, eles ainda são casados no papel, mas moram em casas separadas.

Meu irmão mora com meu pai e eu moro com minha mãe. Homem com homem, mulher com mulher.

Minhas amigas acham isso estranhíssimo, mas eu adoro.

Eu e minha mãe vamos todos os dias à casa "dos meninos", como dizemos. Tenho roupa na casa de um e de outro.

Se estamos a fim, damos uma geral na bagunça deles, mas a bagunça deles é problema DELES. Se minha mãe está inspirada ela até faz um rango e deixa lá, mas só se ela estiver a fim.

De vez em quando eu durmo lá, abraçada com meu pai, ele fazendo cafuné em mim. Não tem nada melhor na vida do que dormir abraçada com o pai da gente fazendo cafuné.

Mas o melhor da história é que:

Tchan tchan tchan tchan...

EU FIQUEI LIVRE DO MEU IRMÃO!!!!

Enfim, acabou o inferno de todo mundo.

MEU AMADO IRMÃO

Só quem tem irmão mais velho sabe o que eu passo nesta vida. Meu irmão é quatro anos mais velho do que eu. Quando eu nasci, ele já tinha conquistado o lugar de honra. É o queridinho da mamãe. Ela o protege DESCARADAMENTE. Foi sempre assim. Por sorte tenho meu pai pra me proteger um pouco, mas mesmo ele é mais pro lado do meu irmão. E o mais ridículo: meu irmão acha que sou eu a protegida! Só rindo mesmo.

Meus pais acham um absurdo isso que eu estou escrevendo. Dizem que tratam os dois exatamente igual. Mas não tratam MESMO.

Eu e meu irmão brigamos feito cão e gato. Ele enche o meu saco e eu o dele. Eu não suporto os amigos dele, ele não suporta as minhas amigas. A gente se pega aos tapas, murros, pontapés e etc. Tudo que você pode imaginar.

Conforme fomos crescendo, os motivos das brigas foram mudando. Ele começou a implicar com meu horário, com quem eu ficava, com as roupas que eu vestia, com o que eu comia, dizia que eu estava gorda etc. etc. etc.

Confidencial

Eu também implicava com ele. Se via o Rui bebendo, dizia que ia contar pro pai. A gente ficava se vigiando de longe, saca?

Quando ele começou a namorar, eu morria de ciúme. Vê se pode!

Eu, que a vida inteira briguei com o infeliz, sentia uma pontada no coração quando via ele beijando aquela lambisgóia. Era demais pra mim.

Se ela telefonava e ele estava tomando banho, eu dizia que ele não estava ou que tinha saído com uns amigos, só pra provocar. Puro prazer (rá rá rá). Como eu sou chata!

O mais engraçado é que eu sabia que elas eram legais. O problema é que eram namoradas do meu irmão.

Enquanto ele estava namorando, eu odiava elas. Até me estapeei com uma. Mas quando terminava, eu ficava amiga delas! Eu sou estranha mesmo, né?

Acho que isso é coisa de irmã, pois com as minhas amigas é a mesma coisa.

Mas, infelizmente, não é só do meu irmão que eu tenho ciúme...

CIÚME DE AMIGA

Um dia, quando minha mãe chegou do trabalho, eu estava com a cara enterrada no travesseiro, de olhos vermelhos de tanto chorar. Ela levou um susto.

— O que foi? Por que você está desse jeito? O que aconteceu?

Ela logo pensou que eu estivesse com uma das minhas cólicas insuportáveis que tenho quase todo mês. Mas percebeu que era algo pior ainda. Quando consegui tomar fôlego, respirei fundo e desabafei:

— A Luana convidou a Tati para ir com ela à praia no feriadão.

Minha mãe não entendeu nada.

— O que você tem a ver com isso? Por que o fato da Luana convidar a Tati para ir à praia te deixou desse jeito, filhinha?

Respirei fundo mais uma vez e, entre soluços, desabafei:

— Ela era a minha melhor amiga. Não podia fazer isso comigo. Eu jamais faria isso com ela.

— Minha filha — disse minha mãe com paciência e

até dó de mim —, a casa é da Luana, ela leva quem quiser. Você já foi tantas vezes, todas as férias é você quem vai, o que tem convidar a Tati dessa vez? Você não é dona da Luana. Você está com ciúme.

Era isso. Eu estava morta de ciúme da Luana. Se ela era minha melhor amiga, se eu era a melhor amiga dela (pelo menos ela vivia falando isso), ela não podia convidar a Tati e me deixar fora dessa viagem. Ingrata, chata, idiota. Nunca mais quero saber dela.

Minha mãe conversou comigo calmamente.

— Esse ciúme é normal entre amigas. Demora um tempo pra gente entender que amiga não é exclusividade nem posse. Todo mundo pode ser amiga de todo mundo, a amizade só multiplica, não diminui. Pelo contrário, se vocês ficam muito grudadas e não têm contato com outras meninas, de outras turmas, a amizade fica uma coisa egoísta e acaba em briga. Amigo, quanto mais melhor. Numa turma tão grande como a de vocês, é normal que duplas e trios mudem de vez em quando. Você é a melhor amiga da Luana e vai continuar sendo, independente da viagem deste feriado. Não é por isso que a amizade de vocês vai diminuir, acredite em mim.

— Mas ela podia me convidar também. Na casa dela tem lugar de sobra pra nós três.

— Mas, filha, e se a mãe da Luana só deixa ela levar uma amiga de cada vez? Você já foi tantas vezes, a Tati vai dessa vez. Na segunda-feira tudo volta ao normal, eu garanto.

— É... né... — resmunguei. Que fazer?

No fundo, eu sabia que aquilo que minha mãe estava falando era verdade. Eu estava morta de ciúme, mas continuava doendo. Essa eu ia ter que digerir devagar.

Na escola, eu fiquei na minha. No recreio não me aproximei da Luana, muito menos da Tati, que estava na maior animação combinando coisas da viagem. Parecia que tinham esquecido que eu existia.

Eu não podia olhar pra cara delas que me dava vontade de chorar. Fiquei na classe, fingindo que estava estudando, quando elas entraram e vieram conversar comigo.

— O que você está fazendo aí? — perguntaram.

— Estudando — respondi meio grossa.

Só se elas não me conhecessem acreditariam que eu estava estudando no recreio, que é sagrado pra mim. Foi a Luana quem falou primeiro:

— A gente veio te convidar pra viajar com a gente. Você está a fim? Acho que vai ser superlegal. Como você sabe, minha casa é grande e tem lugar pra todo mundo.

Eu não acreditava no que estava ouvindo! Elas lembraram de mim! Nunca um convite me deixou tão feliz na minha vida. Aceitei, claro. Minha vontade era sair correndo, ir pra casa fazer a mala e contar pra minha mãe, ela ia adorar.

E adorou mesmo. Mas fez questão de me lembrar:

— Dessa vez, deu tudo como você queria. Mas se não desse, gostaria que você aprendesse a lição e não sofresse mais por ciúme das amigas, combinado?

— Combinado — respondi. — Da próxima vez eu penso nisso. Agora só quero comemorar.

E saí pulando e gritando:

— Eu existo! Eu sou querida! Minhas amigas me amam! Oba, oba, oba. Mil vezes OBA!

TIO MÁRIO

Minha mãe tem um tio supervelhinho, que fez 85 anos a semana passada e deu uma festa. Ele mora em Santos e não me via desde que eu tinha 5 anos.

Minha mãe e a tia Bi adoram esse tio. Elas contam que ele foi uma pessoa superimportante e querida na vida delas. Quando elas eram pequenas, esse tio levava pra viajar, levava ao cinema, ao teatro, emprestava livros legais etc. A tia Bi conta que até jornal ela aprendeu a ler com o tio Mário.

Quando ele ligou convidando para a festa, intimou que eu e meu irmão fôssemos também.

Disse NÃO imediatamente. Imagine se eu ia perder um dia de balada, para ir a uma festa de um tio da minha mãe que fazia 85 anos. Que saco! Eu não iria de jeito nenhum.

Mas aí, pra variar, minha mãe falou com quem? Com a tia Bi, claro. Ela me ligou imediatamente.

A conversa começou daquele jeito que eu conheço bem (lá vem bomba):

— Minha lindinha, imagine eu, sua tia predileta, fazendo 85 anos e a sua filhinha de 15 aninhos não querendo me conhecer. Eu quero muito ver sua filha, que já está uma mocinha. Não quero morrer sem ver a filha da sobrinha que eu tanto amo. O que você faria?

Pra variar, tia Bi acertou na mosca.

— Tudo bem, tia Bi, você venceu. Imagina se o tio Mário morre sem me ver, o peso na consciência que eu vou ficar.

No fim de semana fomos à tal festa. Fui com um bico DAQUELE tamanho. Mas fui. Na viagem eu ia pensando no forró, nos meninos, na balada que eu estava perdendo.

Cheguei lá, aquele monte de velhos apertando minhas bochechas, como em todas as famílias.

— Como você está linda!
— Como cresceu!

Me senti um bebezinho. A sorte é que tinha uns salgadinhos ma-ra-vi-lho-sos e eu comi pra caramba.

Até que a conversa da velharada estava muito gozada. Nem posso lembrar que me dá ataque de riso.

O tio Mário contou que, quando ele era pequeno, detestava batata-doce. Um dia, ele foi com os pais jantar na casa de uns amigos e adivinhe o que tinha? Claro, batata-doce. A dona da casa encheu o prato dele de batata-doce. Não vendo outro jeito pra escapar da situação, ele foi enfiando as batatas na bota que ele estava usando. Essas de cano alto. E mais ele enfiava e mais a mulher punha batata no prato dele. "Nossa, como esse menino gosta de batata-doce." Na hora de levantar da mesa, ele mal podia andar. Nem foi brincar com as outras crianças. Quando foram embora, a mãe dele notou que ele estava andando muito esquisito e perguntou:

— Mário, o que é isso? Por que você está andando desse jeito? Você fez cocô na calça?

Ele começou a chorar. A mãe teve certeza que era cocô. Pôs ele sentadinho num muro e tirou as botas pra depois tirar a calça. Quando tirou as botas viu que elas estavam muito pesadas... O final você já adivinha... A família inteira rindo de se esborrachar na calçada e gozando da cara dele pro resto da vida: "Nossa, como esse menino gosta de batata-doce!"...

Por essas e outras, o tempo passou rápido como eu não imaginava que iria acontecer.

Na volta, vim dormindo no banco de trás com a cabeça no colo da tia Bi. Ela veio me fazendo cafuné de lá até aqui. Uma delícia. Ela estava feliz e eu também. Fiquei pensando na tia Bi com 85 anos e tive vontade de chorar.

Engraçado isso do tempo passar tão depressa. Quer dizer, pra elas, né? Porque pra mim, demora uma eternidade. Não vejo a hora de chegar amanhã para ir ao forró e até lá o tempo vai passar MUITO devagar, tenho certeza.

Moral da história: faça uma mãe e uma tia felizes e durma tranqüila pelo resto dos seus dias, pois sempre virão outros pra compensar.

MENINO MAIS VELHO

Meu, você não sabe, ontem eu fiquei com um cara que era um gato, muito mais velho que eu. Acho que tinha uns 26 anos. Me senti a melhor! Imagine eu, uma pirralha, com um cara de 26 anos!

De repente, o cara me convidou para ir ao apartamento dele. Disse que morava ali perto, veio com um papo que os pais estavam viajando, que era uma boa. Como eu estava meio trilili, topei. Eu sabia que estava fazendo uma coisa meio maluca, mas fui.

O cara tinha carro, foi guiando com a mão na minha perna. Ele era engenheiro. Quando chegamos ao tal apartamento eu sosseguei um pouco. Era mesmo a casa dos pais dele, embora não tivesse ninguém em casa. Um superapartamento, aliás.

Ele pegou uma cerveja na geladeira e me levou para o quarto dele. Ligou o som e deitamos na cama dele. Mas daí o cara queria transar. Eu não queria, claro. Deus me livre transar ali, com aquele cara. Eu só queria ficar. O cara insistiu pra caramba. Aquilo foi me enchendo o saco, eu fui ficando brava, mas ao mesmo tempo fui ficando com medo. Se esse cara me estupra, eu tô ferrada.

Quando ele viu que eu queria sair de qualquer jeito e que eu ia começar a berrar, ele voltou a si e me pediu desculpas, todo gentil. Eu estava roxa de ódio. Pedi para ele me levar embora imediatamente. De saco cheio, ele me levou de volta ao forró, de onde eu nunca deveria ter saído.

Por sorte deu tudo certo.

Quando cheguei, a Júlia estava na porta, desesperada, me procurando.

— Onde você estava? — ela berrou.

Perguntei por que ela estava daquele jeito e ela disse:

— Meu pai está pra chegar. Você está louca?

Eu ia dormir na casa dela. De noite, contei pra ela o que tinha acontecido nos mínimos detalhes, do susto que eu passei, do medo, da raiva etc. Ela quase não acreditou. Disse que eu era completamente maluca, que eu podia ter morrido, que o cara podia ser um bandido, ter me estuprado etc. etc. Concordei inteiramente com ela. Fui maluca ao cubo. Em compensação, aprendi que:

1. Ficar com um cara mais velho pode ser legal, mas é ele que tem que ficar na minha, e não eu na dele.

2. Sair sozinha de carro com um cara que eu não conheço, JAMAIS.
3. Ir para o apartamento de um cara que eu nunca vi, nem morta.

Graças a Deus, saí sã, salva e virgem dessa, mas é bom não facilitar, né?

PIERCING

Eu andava enchendo o saco da minha mãe todo dia porque queria pôr *piercing* e ela não deixava.

Eu queria um bem pequenininho, no nariz, um brilhantinho minúsculo, mas ela tinha medo, dizia que ia inflamar, que era um absurdo, que meu nariz ia cair etc. etc.

Pedi socorro pra tia Bi, evidentemente. Sabia que ela estaria do meu lado.

Tia Bi achou o máximo, ela adora *piercing*. Disse que se tivesse coragem e idade punha um também. Prometeu tentar convencer minha mãe.

Elas ficaram meia hora no telefone. Quando minha mãe não tinha mais argumento e disse que não tinha dinheiro, tia Bi disse que pagava a metade. Aí não teve jeito, minha mãe foi reduzida a pó.

Conclusão: aqui estou eu linda, maravilhosa, poderosa, um arraso! De *piercing*, evidentemente. Não doeu nada, nem inflamou. Tem que tomar uma série de cuidados pra não inflamar, principalmente nos primeiros dias, mas ficou demais.

Eu estava morta de medo porque todo mundo dizia que doía MUITO. Mas é mentira, não doeu nada. Acho que eles falam só pra gente não colocar. Ser mais uma de *piercing*, saca?

Na verdade, também adotei essa tática. Quando me perguntam se dói, eu digo que dói pra burro, senão amanhã São Paulo inteira vai estar de *piercing* e eu não serei mais a maior.

Pus na narina esquerda para que todos vejam enquanto danço forró. Se pusesse na da direita, o rosto do carinha tamparia, sacou?

Estou demais. Amei.

É um brilhantinho minúsculo, mas que poder!

A PAQUERA DAS PRIMAS MAIS VELHAS

Outro dia saí com minhas duas primas mais velhas. Elas são superlegais, mas eu fiquei boba de ver o jeito delas com os garotos. É completamente diferente do meu. E olhe que nem é tanta diferença de idade assim.

Meu, você não vai acreditar. A gente foi paquerar e elas ficavam só olhando de longe, disfarçando, olhando de novo, uma empatação.

Quando eu falei pra elas que hoje em dia a gente chega junto, vai lá, toma a iniciativa na maior, elas abriram uma boca desse tamanho.

Imagine então no tempo da minha mãe!

A menina que chegasse no cara era tida como galinha, oferecida, sei lá o quê, devia ser um saco.

Cada época tem um jeito de se comportar diferente. As coisas mudam.

Aliás, em cada lugar as meninas se comportam de um jeito.

Eu e a Júlia fomos passar férias na casa da minha avó, no interior. Meu avô nos levou à boate. Quando ele perguntou a que horas deveria nos buscar, dissemos que ele não precisava se incomodar, nós pegaríamos um táxi. Ele quase caiu das nuvens e explicou:

— Imagina se duas meninas sozinhas podem voltar de táxi de madrugada nessa cidade. Amanhã vocês vão estar faladas!

— Tudo bem, então o senhor vem nos buscar às 6.

— Seis da manhã? Nesse horário eu estou indo pra fazenda, suas malucas. Aqui o povo dorme cedo.

Com muito custo conseguimos que ele viesse às 4. Mas o pior é que o meu avô estava certo. Às 3 já não tinha ninguém na boate, o conjunto parou de tocar, os garçons foram recolhendo tudo. Tive que ligar e pedir que ele viesse *antes* da hora marcada.

Quando ele chegou, eu falei:

— Vô, o senhor tem razão, aqui o povo dorme com as galinhas.

— Galinhas? As galinhas já estão dormindo há muito tempo. Isso pra mim é hora de coruja. E coruja da capital.

Meu avô é o maior barato!

MENINAS REVOLTADAS

No meio do ano entrou uma menina super-revoltada na minha classe.

Ela se chama Lívia, fuma muita maconha, se veste muito *punk*, não se dá com ninguém, briga com os professores, estranhíssima a garota.

Outro dia eu fui à casa dela pegar o trabalho de geografia para encadernar. A mãe dela me mandou entrar e sentar, supereducada.

Quando a Lívia chegou, não sei o que a mãe dela perguntou, que ela respondeu aos berros, com tanto ódio, que eu pensei que ela fosse bater na mãe. Fiquei meio assustada.

Nos dez minutos que eu fiquei lá, ela xingou a mãe dela de idiota umas dez vezes. Se fosse a minha mãe, já tinha me dado uma porrada no meio da cara.

Pô, meu, tudo bem, mãe é um saco e às vezes elas são superidiotas mesmo, mas tem que ter um respeito básico pelo menos, né? Se não, sinceramente, vira uma balbúrdia (adoro essa palavra).

Xingar desse jeito a mãe e o pai, eu acho o fim da picada.

Quer saber? Eu acho que os culpados disso são os próprios pais, que não impõem limites para os filhos. Esses pais são uns bananas e depois reclamam. Pô, se eles próprios não se dão ao respeito!

Que clima *trash*!

Nunca mais volto àquela casa. Não MESMO.

Quer saber mais? Tenho muita pena, tanto da Lívia quanto da mãe dela, porque elas não sabem o que é uma relação de mãe e filha.

E olhe que eu não sou a filha que minha mãe sonhava e nem a minha mãe é a mãe dos meus sonhos, mas nós nos amamos e nos respeitamos. É o mínimo!

DEUS OU NÃO DEUS, EIS A QUESTÃO

Hoje a Nara chegou na escola contando que foi crismada. Eu nem sabia o que era isso. Ela me explicou que é um negócio de igreja, que se faz depois do batismo e da primeira comunhão.

Eu fui batizada, mas não fiz primeira comunhão.

Minhas primas todas fizeram, menos eu e o meu irmão.

Minha mãe diz que é católica, mas não é praticante como minhas tias e minha avó. Conclusão, nunca fui ligada nessa história de religião. Só vou à igreja quando tem algum casamento ou missa de sétimo dia.

Tenho primas que estudaram em colégio de freira, rezam, participam de encontros de jovens. Acho isso estranho. Nem na igreja eu quero casar. Aliás, nem sei se quero casar.

Eu me acho muito egoísta pra morar junto com alguém. As coisas têm de ser do meu jeito, não suporto ninguém mandando em mim. Já chega minha mãe. Mas mãe a gente é obrigada a agüentar, né? Fazer o quê...

Quando eu puder morar sozinha, não vou querer ninguém me enchendo o saco.

Eu me lembro quando meus pais moravam juntos, era um horror. Eles brigavam o tempo todo, viviam implicando com tudo que o outro fazia. Pra ser desse jeito, prefiro não casar.

Aliás, acho que as meninas da minha idade não têm uma boa imagem do casamento. Muitos pais separados, muita mãe revoltada, sei lá, acho que casamento deixou de ser prioridade.

Não que eu não queira me apaixonar por alguém, ficar junto, claro, sou normal, mas esse modelito de viver junto até que a morte nos separe não me seduz.

Desviei completamente do assunto. Eu vou viajando e quando vejo estou falando de outra coisa.

Eu estava contando da crisma da Nara.

Aí eu perguntei pra ela se ela acreditava em Deus, se rezava. Ela disse que sim e perguntou se eu não acreditava. Eu respondi:

— Às vezes acredito, às vezes não acredito.

Claro que esse papo de Adão e Eva é invenção, é um mito que foi contado há milênios e não tem nada a ver. Nós viemos mesmo é dos macacos. Mas quando fico pensando no universo e em tudo mais que foi criado, me pergunto se isso teria sido feito por Deus ou não.

Mesmo Deus, se ele é uma boa figura, alguém que nos protege, nos ajuda, tudo bem. Acho legal. Mas se ele é um cara que só castiga e nos manda para o inferno quando a gente faz coisa errada (vai saber o que ele acha que é errado!), tô fora.

Não faço a menor idéia de quem seja Deus, mas, ao que parece, tem gente muito mais velha e mais experiente do que eu que também não faz. Acho que posso passar a vida pensando nisso que eu não vou encontrar resposta. Aliás, em matéria de religião, parece que as respostas são muitas.

Por exemplo, outro dia, passeando pela Liberdade, eu e minha mãe entramos num templo budista. Meu, é outro universo, completamente diferente das igrejas católicas. Lindo demais. A mãe da Soninha me levou a uma igreja messiânica. É de japonês também, mas é outra viagem. No altar dessas igrejas, em vez de ter santo, tem flores e frutas! Será que é por isso que tem tanto japonês na feira? Nossa, que relação mais louca que eu fiz agora...

Quando a tia Bi estava fazendo a tese dela, ela me levou a um terreiro de candomblé. O pai-de-santo era amigo dela e assim que olhou pra mim, ele disse que eu era filha de Oxum. Mais que depressa eu tratei de corrigi-lo:

— Não senhor, eu sou filha da Maria Inês.

Eles morreram de rir e ficaram de me explicar melhor essa história que eu ainda não entendi. Mas deve ser um tipo de mãe espiritual, né?

Na casa do Samuca outro dia tinha um superjantar. Eu perguntei se era aniversário de alguém e ele me disse que era a comemoração da Páscoa. Eu achei que ele tinha pirado. Páscoa? Sem ovo de Páscoa? Sem coelhinho? Daí ele me explicou que a Páscoa dos judeus é diferente, em outra data inclusive. Enfim, cada um busca resposta num lugar. Pior sou eu, que ainda nem tenho a pergunta!

Minha mãe conta uma história superengraçada de quando eu era pequena:

Um dia eu fui com ela numa missa e na hora da comunhão, quando as pessoas foram lá pra frente comungar, eu comecei a chorar e berrar no banco:

— Eu quero aquela bolachinha, eu quero aquela bolachinha.

Morta de vergonha, ela tentava me explicar:

— Isso não é bolachinha, é o corpo de Cristo.

— Então eu quero um pouco de Cristo — eu berrava.

Quem estava do lado morreu de rir.

Se Deus existe mesmo e se ele é uma pessoa tão boa quanto dizem, porque tem tanta pobreza e miséria no mundo?

Mas acho que não adianta queimar meus neurônios por conta disso. Vou ficar chateada e sem resposta do mesmo jeito.

A FATÍDICA HISTÓRIA DO *MILK-SHAKE*

Hoje eu estou muito, muito mal. Acabadaça. Dormi o dia inteiro.

Ontem, eu e minhas amigas fomos fazer um trabalho na casa da Dani. Ela, a Rafa e a Tati inventaram de fazer *milk-shake* com vodka. Sem avisar ninguém.

Eu caí de boca no *milk-shake*. Tomei uns dez copos. Só quando percebi que estava muito louca é que elas contaram o que haviam feito. Me deu um treco péssimo. Eu entrei numa *bad*, *bad*, *bad*. Passei mal mesmo. Eu ligava pra casa da Flávia, falava umas coisas pra ela. Ela ficou apavorada, chorava no telefone ao ver o meu estado. Não sabia se falava pro pai dela ir me buscar, se ligava pro meu pai.

Eu desmaiei três vezes e vomitei umas dez.

Quando minha mãe foi me buscar eu vim dormindo no carro. Graças a Deus, ela achou que era sono mesmo. Hoje de manhã, quando ela me acordou, eu desmaiei de novo na cozinha. Eu ainda estava muito mal, me sentia péssima.

Na escola, as meninas me levaram pra falar com o coordenador, que é quase um pai pra mim, um amor de pessoa. Contei tudo pra ele. Ele falou que era melhor eu ir embora e dormir, que essa sensação péssima passava.

Vim pra casa e dormi. Acordei agora há pouco. Sinto que voltei ao normal. Nunca tinha vivido nada igual. Eu morria de medo, não posso nem lembrar.

Hoje eu briguei feio com as três. Foi um absurdo o que elas fizeram.

Eu não sabia que tinha bebida no *milk-shake*, não sabia a quantidade que elas puseram. Eu podia ter me atirado da janela, ter um treco no coração, sei lá o que pode acontecer numa hora dessa.

O coordenador chamou as três e também falou um monte.

Queria ver o que elas fariam se tivesse dado uma zebra séria MESMO. Como elas iam se explicar?

Quando EU quiser encher a cara, EU decido onde, quando, quanto, como e com quem.

Odiei fazer papel de idiota e ser enganada desse jeito.

GRAVIDEZ

Todo mundo está careca de saber que tem que transar de camisinha, mas tem sempre alguém que marca bobeira e dança. De verde e amarelo. Eu nunca transei, mas juro que só transarei de camisinha.

Na minha escola tem uma menina que o pai morreu de aids e a mãe está doente. A gente morre de dó da garota. Um absurdo.

O pai, além de pular a cerca, ainda passou o vírus pra mãe dela. A coitada ficou sem pai e vai ficar sem mãe porque o cara não usou camisinha (e ainda traiu a mãe). Isso é supersério. Mas, além da aids, tem outro problema tão sério quanto: gravidez.

A Leo me contou que uma prima dela estava grávida e fez aborto. A menina tem 18 anos. A Leo estava apavorada. A mãe da tal prima não pode nem imaginar que a filha fez aborto.

A mãe da Leo foi com ela a uma clínica, longe pra caramba, um lugar horrível. Mas, pelo menos, tinha um médico. Pior são essas meninas pobres que fazem aborto de qualquer jeito, com qualquer pessoa. Aí a barra é pesada mesmo.

O tal médico cobrou uma nota preta. Foi a mãe da Leo que pagou porque o pai da criança, o namorado da menina, não tinha grana nenhuma pra colaborar.

Parênteses: quando eu contei esse caso pra tia Bi, ela falou:

— Se você engravidar, NÃO CONTE COMIGO pra nada, muito menos pra pagar aborto. Com tanta informação, engravidar é prova de imbecilidade absoluta.

Continuando: depois do aborto, a menina mentiu para a mãe que ia para o sítio de uma amiga passar o fim de semana e ficou escondida na casa da Leo. O namorado não deu as caras.

Deus me livre de passar por uma coisa dessa. Deve ser horrível. Tenho que ficar esperta. Aids, gravidez, aborto, me dão muito medo.

Afinal, sexo é:

Resposta A: uma coisa perigosa, péssima mesmo, que mata.

Resposta B: uma coisa maravilhosa, deliciosa, a melhor do mundo.

Qual a resposta certa? AS DUAS.

Eu acho que a gente tem que saber aproveitar as MARAVILHAS do sexo, sabendo que qualquer vacilo pode ser desgraça na certa.

Nota 10 pra mim.

BELEZA, GORDURA E OUTRAS TORTURAS

É incrível como a cara da gente muda de um dia para o outro. Tem dias que eu me olho no espelho e me acho bem bonitinha. Tem outros que eu me acho um tribufu.

Tive várias fases na vida. Pelas fotos que vejo, nasci um bebê muito bonitinho. Todos me achavam uma fofura.

Aos 7 anos, fui mudando, meus dentes ficaram muito tortos e eu engordei pra caramba. Aos 10, eu era uma baleia. Me achava horrorosa. Não cuidava do meu cabelo, era superdesleixada. Aos 12, pus aparelho no dente. As coisas começaram a melhorar.

Quanto ao cabelo, às vezes eu ia na tia Bi e ela me dava uma geral. Lavava, passava xampu, creme, penteava pra mostrar como meu cabelo era bonito, só faltava cuidar. Fui aprendendo.

Depois que menstruei, meu corpo ficou mais legal, nasceram um peitões que eu até que gosto muito (e os meninos também, ré ré ré).

Aos 15, minha mãe me levou num médico de regime e ele não me deu remédio, mas me deu uma superorientação quanto à alimentação. Procuro comer legal, aprendi a controlar o chocolate, os salgadinhos... quer dizer, faço o possível, né?

Enfim, tem dias em que eu me sinto o máximo, tem dias que eu tenho vontade de gritar quando me olho no espelho.

Mas quer saber? Não sou muito ligada nessa história de corpo perfeito. Claro que gosto de me sentir gostosa, bonita, poderosa e maravilhosa, mas não fico neura. Não malho nem passo fome. Faço esporte na escola e é só. Academia nem pensar! Acho meio sacal essas garotas que só pensam em malhação e regime.

Parece chavão, mas não adianta nada você ser linda por fora e vazia por dentro. Me ligo mais no conteúdo, manja?

A mesma coisa vale para os meninos. Os muito lindões nunca me atraíram. O cara pode ser um gato, o maior gostoso, mas sem massa cinzenta, tchau. Tem outros que são feios pra caramba e me encantam de cara, por causa do papo, do charme.

Uma vez eu fui viajar com a Júlia para uma cidade do interior de Minas e lá conhecemos uma turma imensa de garotos. O que sobrou pra mim era um carinha que batia no meu ombro, de óculos, magro feito um palito. Tudo bem. Não é sempre que se tem sorte na vida, eu pensei.

Meu, a gente começou a conversar de manhã e só parou de madrugada. Foi o primeiro cara com quem eu REALMENTE troquei uma idéia séria mesmo. Foi inesquecível. No final, as meninas ficaram furiosas porque os carinhas delas eram uns babacas, completamente ocos de cabeça. Eu achei bem feito.

Acho que esse papo de ser escrava da beleza não está com nada. Tenho coisas muito mais interessantes pra fazer na vida do que ficar horas no cabeleireiro ou na academia.

O negócio é ser quem EU SOU, no capricho, o melhor possível.

Aí eu encaro até a Malu Mader de igual pra igual.

Juro.

DROGAS, DROGAS, DROGAS

Ontem foi aniversário da tia Bi e teve uma festa deliciosa na casa dela. Ela tem uma porção de amigos que me conhecem desde que eu nasci, mas que não me tratam como criança.

Odeio quando falam comigo como se eu fosse um bebezinho. Adoro conversar com pessoas mais velhas, desde que não me tratem como débil mental. E os amigos da tia Bi são muito legais nesse ponto.

Pois não é que tem um amigo dela, com quem eu já conversei mil vezes, e não sabia que ele era enfermeiro? Ele se chama Babá (apelido, né?).

Eu achava que enfermeiro só ficava cuidando de doentes em hospital. Ele me disse que essas pessoas, geralmente, são auxiliares de enfermagem, mas não são formados em enfermagem como ele é.

Ele me contou que enfermeiro não fica só dentro de hospital, mas faz um monte de coisa diferente. Ele, por exemplo, trabalha no serviço de saúde mental da prefeitura, onde coordena uns grupos de viciados (que ele chama de "drogadictos").

São pessoas de todas as idades, dependentes de qualquer droga, que procuram o serviço público porque não podem pagar tratamento particular.

Ele me contou de um garoto de 17 anos, riquíssimo, que é superviciado em tudo que é droga. Já foi internado não sei quantas vezes, já fez quilos de tratamento e nada dá certo porque a dependência é uma coisa absurda. Por mais que ele queira parar, ele não consegue, porque não é questão de querer, o negócio é físico mesmo. Esse menino roubava coisas da casa dele pra comprar droga, depois começou a assaltar, até que um dia ele foi preso, e como era menor de idade, foi pra Febem. Um horror.

O Babá também me falou umas coisas que eu não sabia e fiquei ASSIM de saber:

1. Maconha vicia. Não tem nada desse papo que maconha não vicia, porque vicia mesmo. E que ela leva para drogas mais fortes, leva mesmo.

2. A primeira coisa que todo viciado fala é que ele não é viciado, que pára de fumar ou de cheirar quando quiser. Ele mente para si mesmo.

3. A gente sabe que a pessoa está viciada quando a droga, seja ela qual for, começa a atrapalhar a vida dele. Por exemplo, se o cara começa a faltar na escola, se afastar dos amigos, ele já está dependente.

4. Ele falou que a droga deixa o cara brocha!!! Pobre de mim, não vou ter com quem transar!!!! Do jeito que esses meninos estão fumando e cheirando, eu e todas as meninas da minha geração vamos morrer virgens!

5. Quem não agüenta ficar dois dias sem fumar, já precisa de tratamento. Quem fuma todo dia, então, nem se fala.

E o pior é que tem pai que é completamente cego. O cara tá perdidaço e os pais não percebem. A mãe ainda fala:

— Ai, coitadinho do meu filhinho, anda com tanto sono ultimamente.

Ou então:

— Nossa, meu filho agora deu para assaltar a geladeira e comer tudo que tem dentro.

Ou ainda:

— Acho que meu filho está com conjuntivite, ele anda com os olhos tão vermelhos... vive pingando colírio.

O senhor é que está cego, meu, abre os olhos!

O problema é que os pais nunca acham que isso acontece com o filho deles. E ACONTECE!

O Babá também disse que o que faz a gente viciar (tanto em álcool quanto em outras drogas) é um monte de fatores, mas principalmente um fator genético que existe no nosso corpo e a gente não sabe. Não é possível saber se a gente tem propensão pra ficar viciado ou não antes de se viciar. Não é trágico? Quando vê, já ficou.

Tem gente que bebe, fuma e cheira a vida inteira e não se vicia. Essas pessoas passam muito bem sem a droga, nem lembram que existe. Se tem, tudo bem, se não tem, tudo bem também.

Mas tem gente que com muito pouco já fica fissurado porque os genes dele têm uma substância que leva ao vício. Esse cara é bom nem chegar perto de álcool, de fumo nem de coisa nenhuma, porque vai ficar viciado e depois, pra largar, vai ser superdifícil. Só com tratamento.

O que é diversão para alguns pode ser o fundo do poço para outros.

Céus!!!! Quanta informação aterrorizante!

Parece que tudo que é bom mata!

Sexo, drogas...

Como sou infeliz!!!!

Triste tempo esse meu!!!!

Buá Buá Buá.

SOU CRIANÇA OU SOU ADULTA?

O problema de se ter 15 anos é que a gente tem medo das coisas, mas tem vergonha de ter medo. Quando eu era mais nova, eu tinha medo e pronto. Não estava nem aí com o fato. Botava a boca no mundo e pedia colo numa boa. Além do mais, quando eu era pequena, eu ainda não estava em contato com AS COISAS DO MUNDO.

Quando eu for mais velha, já estarei mais experiente, mais madura, já terei vivido um monte de coisas, saberei me virar.

Nessa maldita adolescência a gente AINDA tem medo, mas quer enfrentar o medo como adulta e aí se dana porque somos inexperientes pra muita coisa. Estamos chegando no mundo agora (e que mundo, meu Deus!).

Muitas vezes eu quero pedir colo pra minha mãe, pro meu pai e não peço porque tenho que provar pra eles que sou dona do meu nariz, que sei o que estou fazendo. Muitas vezes eu não sei, mas não dou o braço a torcer.

Por isso é bom ter uma tia Bi do lado. Alguém com quem a gente pode se abrir, e que não é o pai nem a mãe. Bendita tia Bi!

Às vezes eu escuto umas mães de amigas minhas dizendo:

— Minha filha tem a maior liberdade pra falar comigo, nós falamos de tudo, temos o maior diálogo.

Mas eu sei que é papo. E sei que se a filha for conversar sério mesmo, a mãe vai sair de chinelo atrás, ou dar a maior bronca, ou passar um sermão de uma hora. Isso não é estar aberta ao diálogo.

Eu acho que a mãe que quiser ter um diálogo verdadeiro com a filha deve estar preparada pra tudo.

Se a gente sente firmeza, a gente se abre, mas se for para ouvir bronca, é melhor se abrir com as amigas, que nos compreendem e não nos reprimem.

A minha mãe é diferente, porque ela não fica botando banca por aí de "sou grande amiga da minha filha", nem dizendo pra todo mundo que "temos o maior diálogo". Ela sabe que eu adoro ela, que eu falo muita coisa pra ela, mas não tudo.

Tem coisas que se eu dissesse, certamente ela diria:

— Oh... como você me deixa triste.

— Você me dá tanto trabalho.

— Você acaba com a minha vida.

— Vai ficar um mês de castigo.

Essas eu não conto, porque eu não sou boba.

TESTE VOCACIONAL

Só porque estou no primeiro colegial, todo mundo vive me perguntando: o que você vai fazer? Que faculdade vai prestar?

— Calma, pessoas! Eu ainda não tenho a menor idéia do que eu quero ser. Sei muito bem o que eu não quero fazer, mas o que eu quero, nem desconfio.

Detesto matemática, física, química, biologia. Evidentemente não serei engenheira, médica, dentista.

Gostaria de ser veterinária, adoro bichos, mas sei que é uma faculdade superdifícil, que precisa estudar pra caramba, quase como medicina. Nem pensar.

Ainda bem que hoje em dia tem muita opção, além das clássicas — médico, dentista, engenheiro, advogado.

Eu nunca fui fanática por estudo. Pra falar a verdade, fui uma aluna meio problemática. Tinha uma superdificuldade pra me concentrar, prestar atenção nas aulas, acompanhar as matérias. Sempre fui muito mal na escola, até repeti a sexta série.

Aí chamaram minha mãe e disseram que eu precisava de um acompanhamento pedagógico e de uma terapia. Minha mãe quase pirou, pensou que eu estava louca, chorou, fez um escândalo.

Daí veio a tia Bi (como sempre) e se prontificou a fazer o tal acompanhamento escolar comigo.

Da quarta série à oitava, eu ia praticamente todos os dias à casa dela, com os cadernos, e ela fazia as lições comigo.

Foi nessa época que nós ficamos amicíssimas. Ela me ensinava as lições, mas ficava horas conversando comigo sobre outros assuntos, eu me abria, foi superlegal.

Hoje eu não diria que estou entre as dez mais da classe, mas também não estou entre as piores. Estou na média. Já sei me virar sozinha e é isso que importa.

Quanto à terapia, a tia Bi falou pra minha mãe que isso é uma coisa supernormal, que ninguém é louco por precisar de terapia.

— Eu faço análise há onze anos e adoro. É o que me ajuda a segurar a barra da minha cabeça. Não sei o que seria de mim sem a análise — ela contou.

E pra finalizar, claro, deu uma na minha mãe:

— Aliás, acho que não é só a Ana Laura, não. Bem que você estava precisando de uma terapia.

Minha mãe ficou de pensar no assunto. Está pensando até hoje.

Eu comecei no mesmo mês, mas sobre a terapia eu falo depois.

Voltando ao problema do meu futuro profissional:

Como eu dizia, sei o que eu não quero, mas não sei o que eu quero. Por sorte, hoje em dia, tem muita coisa legal que eu posso fazer, coisas que não exigem que se seja um crânio absoluto.

Conheço gente que faz faculdade de dança (a Bebel, minha prima), faculdade de moda (a Cacau), de gastronomia, pô, meu, são coisas legais pra caramba.

Eu posso fazer artes plásticas, teatro, CIRCO! Meu irmão está namorando uma menina que faz circo. Hoje isso é visto como profissão, pode dar dinheiro, existem carreiras incríveis.

Fora que tem também uns cursos técnicos que são excelentes. A tia Bi outro dia me trouxe uns folhetos do Senac, com um monte de opções interessantes.

Por exemplo, eu adoro cozinhar, vivo inventando receitas que, na maioria das vezes, dão certo. Posso fazer o curso de gastronomia.

Quer mais? Faculdade de moda. Tenho um certo talento pra criar roupichas. Quando a grana tá curta e eu não quero repetir roupa, sempre acabo inventando alguma coisa, um detalhe, uma bobagem qualquer que faz a roupa velha parecer novinha em folha.

Como vêem, sou de forno e fogão, passando pela máquina de costura. Um sucesso.

Aliás, do jeito que estão as coisas, com engenheiro vendendo cachorro quente, advogado sendo motorista de táxi, professora fazendo faxina, acho bom a gente começar a pensar nessas carreiras alternativas, se não quiser ter um diploma só pra enfeitar a parede.

Minha mãe tem uma amiga que sonhava em ser cantora. Ela tem uma voz maravilhosa, adora cantar, mas foi ser engenheira de alimentos porque os pais a obrigaram a fazer uma faculdade "decente". Conclusão: é superinfeliz na profissão.

Em compensação, ela tem outra que é contadora de histórias. Já pensou ganhar a vida contando histórias, que legal?

Eu quero fazer o que tiver vontade, mas não me apressem! Quero escolher com calma e tenho muito tempo pra isso.

Minha mãe vive dizendo que sou ótima conselheira. Minhas amigas vivem me ligando pra perguntar:

— Ana Laura, o que eu faço com o fulano?

— Ana Laura, o que eu faço com a minha mãe?

Que tal:

Talvez eu deva ser psicóloga. Só não quero que me apareça uma Ana Laura pela frente, tô ferrada...

Outra coisa que minha mãe vive dizendo é que sou muito boa conciliadora. Não posso ver ninguém brigando que faço o possível para que façam as pazes, fiquem de bem. Talvez advogada, sei lá...

Antes de decidir, quero pensar bem, conversar com as pessoas, conferir direitinho até encontrar algo que realmente se afine comigo. E nessa hora, sinto muito, mas não vou deixar ninguém dar palpite.

Aceito sugestões, opiniões, mas a decisão final será minha.

Se eu não escolher direito, não vou poder jogar a culpa em ninguém. A responsabilidade será toda minha.

TERAPIA

Como eu ia dizendo, a terapia, num primeiro momento, pareceu coisa de maluca, tanto pra minha mãe quanto pra mim.

Vencida esta primeira etapa, saímos à procura de terapeuta. Fomos atrás de um monte.

Uns não davam certo porque era longe, outros porque era caro, outras porque eu não ia com a cara de jeito nenhum, outro porque era homem (eu jamais me sentiria à vontade falando das minhas coisas para um homem), outro por causa disso, por causa daquilo, até que chegamos na Marta.

Eu fui com a cara dela e ela com a minha imediatamente. Minha mãe também gostou dela. O consultório é aqui perto e ela topou fazer um superdesconto quando soube que a nossa verba era pouca.

No começo fiquei meio travada. Eu tinha raiva de estar ali. Queria ver qual de nós era mais forte, mostrar que ela não me venceria, essas bobagens. Afinal, não era fácil falar das minhas intimidades para uma mulher que eu nunca tinha visto na vida.

E não adiantava eu perguntar nada da vida dela, que ela não respondia. Se eu perguntava se ela era casada, ela dizia:

— O que você acha?

Se eu perguntava se ela tinha filhos, ela dizia:

— O que você acha?

Se eu perguntava onde ela morava, ela dizia:

— O que você acha?

Desisti.

Mas aos poucos ela foi me conquistando, ganhando minha confiança e eu fui me abrindo. Hoje não vivo sem a Marta. Vou lá uma vez por semana.

No começo eu cabulava a terapia pra caramba, dizia que ia e não ia, fingia que estava com dor de cabeça, e todas as demais desculpas que conseguia inventar.

É normal que seja assim, no começo. A gente não quer se encarar de frente. Mas depois eu fui vendo que ela podia me ajudar a botar ordem nessa santa cabecinha, diminuir minhas angústias, meus desesperos, minhas tragédias (dramática, né?).

Qualquer probleminha eu acho que não tem solução, que eu sou a criatura mais infeliz do mundo, que a minha família é a mais problemática do planeta e quero morrer.

Com a "ajuda" da Marta, vou vendo que tudo isso é normal e que os meus problemas são os problemas de todas as garotas da minha idade. Sem drama.

A Marta também me ajudou a tirar muitos dos meus complexos. Eu me achava gorda, horrorosa, burra etc. etc. etc. A terapia está me fazendo ver de outra forma.

É como se antes eu me visse num espelho como aqueles do Play Center, que distorcem completamente a imagem. Agora eu me vejo com todos os meus defeitos, mas também com as qualidades, que não são poucas... (ré ré ré). O meu espelho está mais bonzinho comigo.

Mesmo com a minha mãe, meu pai, meu irmão, as coisas melhoraram, as brigas diminuíram, eu ando mais paciente com eles e eles, comigo. Toma lá, dá cá.

De vez em quando ainda fico meio deprê, choro, não quero falar com ninguém, mas de repente me animo, ligo o som e danço feito uma maluca. Vai entender...

Freud explica...

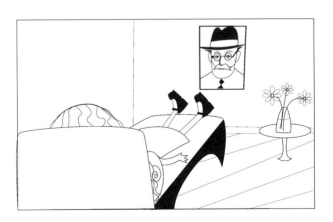

TURBO

Oh! Céus... Ainda não falei do Turbo, meu adorado cão!

Ele veio pra casa ainda bebê. Hoje já é um respeitável senhor de 12 anos de idade.

Ele é um lindo bassê preto com as patinhas marrons. Na época que compramos o Turbo, estava passando uma propaganda com um cachorro igualzinho a ele que tinha esse nome. Aproveitamos o nome e batizamos ele de Turbo.

Ele é o xodozinho da família. Principalmente meu e da minha mãe. Quando meu pai mudou de casa, ele ficou conosco. É o único homem da casa.

Quando vamos viajar, a gente deixa ele na casa do meu pai, mas não confiamos muito. Se bem que meu pai também adora o Turbo. Meu irmão é que nunca foi muito chegado. Acho que ele tem ciúme por saber que o Turbo é o meu irmão predileto... (rá rá rá).

De vez em sempre, minha mãe faz a reclamação clássica:

— Você diz que ama o Turbo, que o Turbo é seu, mas nunca leva ele pra passear, não sai com ele, não dá banho. Eu tenho que fazer tudo sozinha.

Toda amiga minha que tem cachorro ouve a mesma ladainha. Por que será?...

Cá entre nós, eu amo o Turbo, adoro dormir com ele, mas não tenho muito saco para as coisas chatas. Se não fosse minha mãe, pobre Turbo... Mas eu juro que faço o possível.

Quem ama cuida, de cachorros inclusive. Faz parte.

Fico pirada quando o Turbo fica doente. E agora, que ele está ficando velho, ele está cada vez mais tristinho, quieto, doentinho.

Minha mãe diz que eu tenho que começar a me preparar, porque um dia ele vai morrer. Não quero nem pensar nisso. Me dá vontade de chorar só de pensar que um dia ele vai morrer.

Aliás, por falar em morte... essa é uma coisa que me apavora. Já pensou perder meu pai? Minha mãe? Meu irmão? A tia Bi? Como imaginar minha vida sem eles! Eu morro junto!

Quero que todo mundo viva 100 anos, eu inclusive.

Quando o pai da Tati morreu, eu vi como ela sofreu, chorava todo dia na escola, uma tristeza. A gente tentava consolar, mas só com o tempo a tristeza foi passando.

Hoje ela está normal, sai com a gente, namora, mas tenho certeza que ainda sente muita saudade. E vai sentir a vida inteira, porque a gente não esquece quem a gente ama.

Eu sei que a morte faz parte da vida. Sei que todo mundo vai morrer um dia, mas não quero que este dia chegue NUNCA!

PRECONCEITO

Não tem coisa que me irrite mais do que preconceito.

Na minha escola tem um menino que é supergay. Assumidérrimo. Uma bicha louca, mesmo. Na dele. E é horrível ver como tem gente que tem preconceito, mesmo numa escola que se diz liberal, evoluída, pra frente e coisa e tal.

Tem muita gente lá (não os professores, nem a coordenação), alunos, que se acham o máximo, supergênios, intelectuais, filhos de professores da USP, e que não olham pra cara do menino, não querem saber dele, gozam da cara dele.

Ele se dá melhor com o pessoal da minha classe, onde ninguém tem essa atitude. Na classe dele, ninguém quer fazer trabalho com ele, nem o convidam pras festas.

E não adianta a coordenadora falar, os professores darem bronca. Tem gente que é preconceituosa e ponto. Acho que isso vem de casa, da educação da pessoa.

Graças a Deus, minha mãe e meu pai nesse ponto foram superlegais. Eles não têm preconceito, *mesmo*. E me educaram dessa forma, mostrando que todo mundo é igual, pobre, rico, preto, branco, gay, lésbica, todas as raças, todas as cores, todas as classes sociais. Ninguém é melhor nem pior por ser desse ou daquele jeito.

Mas minha avó não é assim. Ela tem lá seus preconceitos, embora disfarce porque sabe que as filhas (minha mãe e a tia Bi) criticam. Eu também, sempre que posso, dou umas cutucadas nela.

Outro dia ela estava contando que não sei quem tinha casado com uma "mulatinha".

— Imagine! Um moço tão bonito!

Aquilo me deixou nervosa. Eu esperei ela acabar de contar o caso e comecei a falar com a minha mãe:

— Sabe que ontem eu fui a uma festa e fiquei com um negão maravilhoso... O menino era o máximo!

E contava detalhes e mais detalhes do tal negão (que era inventado, mas podia não ser). Minha avó arregalava uns olhos DESSE tamanho.

— Ana Laura, você tem coragem?

— Claro, vó, sou fissurada em negão. Ainda caso com um. Já pensou a senhora com um neto "mulatinho", que legal?

— Deus me livre! — ela dizia se benzendo.

Não que eu vá fazer de propósito, claro, mas que pra mim tanto faz, tanto faz. O que interessa é que o cara seja legal, que goste de mim, que me dê tesão. Estou pronta pro que der e vier, mas infelizmente, o mundo não é assim.

Se preconceito é um absurdo, em gente jovem é inadmissível.

A MORTE DO DADO

Acabei de chegar do enterro do Dado.

Estou arrasada.

Eu conhecia o Dado desde pequena, ele sempre estudou na minha escola.

Ele morava na Granja Viana. Sexta-feira à noite, voltando pra casa de carro com um primo dele, eles bateram num caminhão na Raposo Tavares e o Dado teve traumatismo craniano. O primo, que estava bêbado e tinha fumado, só quebrou a perna.

O Dado foi para o hospital e ficou uma semana em coma.

A classe inteira foi ao hospital todos os dias. Os pais dele estavam arrasados. Na quinta, os médicos disseram que as chances eram mínimas, ele tinha piorado. Ontem o Dado morreu.

O Dado!!! Um menino da minha idade, uma gracinha de cara, um amor, querido por todo mundo!!! Bem o Dado!!!

Eu nunca tinha perdido um amigo.

Nunca tinha visto alguém da minha idade morto. Foi terrível.

A escola inteira estava lá. Todo mundo muito mal. Por incrível que pareça, o pai dele consolava a gente, de tão mal que a gente estava. O Beto chorava tanto que o pai do Dado falou pra ele:

— Não chora, o Dado não gostaria de te ver desse jeito. Ele quer te ver feliz, rapaz.

Aí que a gente chorava mais.

Não sei como vai ser quando a gente entrar na classe e ver a carteira do Dado vazia.

Nunca senti tristeza maior.

Lembra quando eu falei que queria que todo mundo vivesse até 100 anos?

Pois é, isso não passa de uma fantasia infantil que nunca vai se realizar. Mais uma.

Não posso nem escrever. Só quero chorar.

FÉRIAS EM PORTO SEGURO

Estou indo para Porto Seguro. Alugamos uma casa e vamos de ônibus.

É a primeira vez que eu viajo sem adulto por perto, nem meus pais, nem pai de amiga minha. Só a galera. Juntamos quinze pessoas e lá vamos nós.

Estou superansiosa pra ver como vou me virar tanto tempo longe da minha casa, do meu pai, da minha mãe, do Turbo! Nunca fiquei um mês longe deles.

Meu irmão vai todas as férias. Já conhece tudo, a casa onde a gente vai ficar, os barzinhos, os forrós, a praia (que deve ser maravilhosa).

Eu ficava morrendo de inveja quando ele ia, mas era muito pequena, minha mãe não deixava. Agora que já tenho 15 anos, tanto enchi minha mãe que ela deixou, até porque meu irmão vai junto e ela acha que ele vai tomar conta de mim (coitada...).

Tô brincando. Tenho que ficar na boa, senão, *bye-bye* viagem.

Pelo menos nessa, tem que correr tudo bem.

Ela tem que saber que eu sou capaz de viajar sozinha e voltar inteira. Sã e salva (será????).

Vou começar a arrumar as malas. Não vou levar muita coisa porque quero estar mais linda, leve e solta do que nunca.

Bye-bye, até a volta e me deseje boa sorte.

DE VOLTA PRA CASA

Querido diário, me desculpe por ter te deixado trancado nessa gaveta um mês inteiro, embolorando, enquanto eu estava lá, me divertindo naquela praia maravilhosa, naquele sol.

Meu, a viagem foi simplesmente o máximo. A turma era superlegal, e lá eu conheci um monte de gente interessante. Meninas e meninos de vários lugares, a maior galera.

A casa era simples, mas deliciosa. Chão de terra, cama, rede, panela, o básico.

Não sou muito de ficar torrando no sol, preferia dormir a manhã inteira. Só ia pra praia mais tarde, quando o mar estava delicioso, o tempo delicioso, tudo delicioso.

À tarde começava o agito, as batidas e o forró que ia até às 7 da manhã.

Fiquei com um monte de meninos maravilhosos. Beijei MUUUUUUITO, bebi pra caramba. Comer, beber, dançar e ficar — a vida que eu pedi a Deus.

A gente ia ao super, fazia as compras, cozinhava, lavava a louça, cada um fazia a sua parte. Eu era encarregada do arroz (insuperável). Ia todo mundo pro batente. Meninas e meninos, sem distinção.

Do meio das férias pra frente, o dinheiro foi acabando e a comida, diminuindo. No final era miojo e olhe lá. Quando dava, a gente comprava pão. Nunca pensei que fosse gostar tanto de pão com miojo. O dia que conseguimos comprar manteiga, foi uma festa. A bebida era pinga ou água.

Eu lembrava da minha casa: a geladeira cheia e eu reclamando... Dei outro valor pra comida depois dessas férias. Hoje se minha mãe faz um picadinho (antes eu reclamava, eca), eu acho uma delícia, juro!

Minha mãe não acredita, foi visível a diferença.

Telefonei muitas vezes pra cá, dei notícias, falava com meus pais toda semana, mas não tive vontade de voltar. Queria aproveitar até o fim.

Mas o maior milagre mesmo se deu com meu irmão. Nós não brigamos nenhuma vez! Parecíamos dois amigos. Íamos à praia juntos, conversávamos até o sol nascer, fazíamos compras, dividíamos o dinheiro. Ele na dele, eu na minha, na maior boa.

Ele parecia outra pessoa. Estava superlegal comigo, não ficou implicando nem me enchendo o saco. Tomara que esse clima permaneça aqui em São Paulo, pois foi delicioso tê-lo como amigo, coisa que eu nunca tinha vivido antes.

Foi preciso irmos para a Bahia, ficarmos longe de casa um mês, longe do pai, da mãe, para deixar de ser criança e descobrir que podemos ser amigos.

Mas... como tudo que é bom dura pouco... as férias acabaram e eu voltei para a vida real. Amanhã começa escola, terapia, vôlei, dentista etc. etc. etc.

No fim do ano tem mais. Não vejo a hora.

Até lá, juízo, menina. Minha mãe já falou que se eu não passar de ano, adeus Porto Seguro.

É essa a norma: camelar cinco meses e folgar um. Camelar mais cinco e folgar um.

Pensando bem, minha vida até que é muito boa, não tenho do que reclamar.

Sei que sou uma privilegiada, mas também não posso me sentir culpada por isso, né? Afinal, não fui eu que fiz o mundo dessa forma, uns com tanto, outros com tão pouco.

PERUA POR UM DIA

Quando eu fiz 15 anos, minha festa foi a maior balada, forró a noite inteira, todo mundo à vontade. Eu não quis essas festas "típicas" de 15 anos e nunca tinha ido numa até que a Gi me convidou para ser dama da festa dela. Ia ser uma superfesta, as damas de vestido longo, valsa, salão, tudo em riba.

Já que era pra ir, tinha que ser direito. Fui com a minha mãe numa loja e alugamos um vestido cor-de-rosa, todas as damas tinham que ir de cor-de-rosa.

O vestido era longo, decotado, um tecido meio brilhante, de alcinha. Minha mãe adorou. Disse que nunca me viu tão linda. Tirou um monte de fotos antes de eu ir para a festa.

— Não sei quando vou ver isso de novo. Preciso registrar para não esquecer.

Eu fingia que estava brava, que estava achando tudo aquilo ridículo, mas no fundo eu estava gostando de me ver tão bela, tão diferente do jeito que eu sou sempre.

Não que eu tenha mudado meus princípios, mas uma peruagem de vez em quando não é nada mal.

À tarde, cabeleireiro e maquiagem. Minha mãe me

emprestou uns brincos de brilhante que ela tem, ficou superjóia (infame...).

Lá fui eu, toda dondoca. A festa estava linda MESMO. Bufê, música ao vivo, flores, comida maravilhosa, tudo finíssimo. A galera estava supercomportada. Como se fôssemos... As minhas amigas estavam irreconhecíveis, lindas, todo mundo curtindo essa de princesa.

No banheiro era o maior agito. Era um tal de retocar a maquiagem, ajeitar o vestido, o sapato, os babados, nem parecíamos as mesmas. E os comentários, então:

— Você viu o Bruno, como ele está lindo de gravata?
— E o Tiago, de terno!

Era a primeira vez que víamos os garotos vestidos de *homem*.

Daí veio a valsa, com vela e tudo, depois da valsa o bolo (delicioso), e depois do bolo... a bandalheira total. A coisa pegou fogo.

Todo mundo foi relaxando, os meninos foram tirando a gravata, as meninas o sapato, caímos de boca na cerveja, nas batidas, até uísque eu tomei. Quando os coroas foram embora, a festa virou o maior forró.

Era engraçadíssimo ver aquelas meninas de vestido longo vomitando, rindo sem parar e tropeçando no vestido.

No final, dormiu todo mundo ali mesmo, no chão, um por cima do outro.

De manhã, quando a mãe da Gi chegou, não acreditou no que viu. Um monte de menina descabelada, dormindo no chão, babando, sem sapato. Não parecíamos as mesmas da noite anterior. Foi superengraçado.

Quando minha mãe foi me buscar, ela olhou pra minha cara e falou:

— Ainda bem que eu te fotografei, senão ia pensar que tinha sonhado.

Morri de rir. Ser perua é muito bom, mas só até a hora do bolo, sinto muito.

DESILUSÃO AMOROSA

Eu já fiquei com milhares de meninos, mas me apaixonar mesmo só duas vezes, e confesso que não foram experiências muito agradáveis.

Quando põe amor no meio, a coisa fica *trash*.

Uma vez eu estava completamente apaixonada por um menino, fui falar com ele e me dei muito mal. Não só porque ele não estava a fim de mim, como porque ele estava a fim da Júlia, minha melhor amiga.

Chorei, fiquei mal e o pior é que só tinha a Júlia pra me consolar. Ela ficou perdida. Não que estivesse a fim do menino, mas se sentiu culpada. Nem olhava pra cara do menino. Demorou para eu esquecer essa minha primeira desilusão amorosa.

Aliás, esse negócio de se expor muito abertamente, de ir se abrindo de cara, é arriscado. Pode dar certo, correr tudo bem, mas também pode dar zebra e a gente sair triste e frustrada.

Depois disso eu me abro, claro, mas estou mais atenta em ver quem é o cara, se ele olha pra mim, se pisca, enfim, se me dá algum sinal de que está a fim de mim também, senão é exposição inútil que não leva a nada e só serve pra fazer a gente sofrer mais ainda. Já não bastando o que os meninos fazem a gente sofrer normalmente.

A segunda vez que eu me apaixonei foi justo por um cara que a Cíntia estava namorando. Essas coisas a gente não controla. Quando ela apareceu com o cara eu achei ele lindo de morrer. Daí o menino começou a sair com a gente, ir ao forró, passear, conversar, e eu fui ficando cada vez mais encanada com o garoto. Ele não me saía da cabeça. Eu pensava nele dia e noite sem parar. E o pior é que tinha o maior cuidado pra não dar bandeira. Deus me livre fazer uma coisa dessas com a Cíntia.

Uma vez a Tchê ficou a fim do namorado da Mirela, só que ela não estava nem aí pra Mi. Paquerava o cara descaradamente, dava em cima, aproveitava quando a Mi ia ao banheiro pra ficar olhando, piscava pra ele etc.

Até que um dia ela ligou pro tal menino e ele acabou com ela.

— Olha, eu estou percebendo que você está a fim de mim, você nem disfarça, mas eu não estou nem um pouco a fim de você. Eu e a Mirela estamos superbem e acho bom você se mancar e parar com isso, porque está ficando chato.

Ela ficou irada. E mais irada ainda quando soube que eu dava toda razão pro menino. Acho uma sacanagem alguém dar em cima de menino comprometido. Claro que se o cara só está ficando, é diferente. Mas namorando eu não acho certo.

Eu não gostaria que ninguém fizesse isso comigo, por isso também não faço com ninguém.

Resultado: também tive que esquecer a minha segunda paixão. Comi o pão que o diabo amassou, mas consegui.

Espero em breve me apaixonar por alguém que me ame loucamente e que seja livre e desimpedido para que EU TAMBÉM possa viver o amor PLENAMENTE.

Ai, Ui, Oh
Oh Oh Oh
Oh Oh Oh

ACHADOS E PERDIDOS

Na semana passada eu passei o maior sufoco. Me perdi e me encontrei em menos de 24 horas.

Explico: combinamos de almoçar na casa da Helena e levarmos fotos de quando éramos crianças, quer dizer, mais crianças, né?

Cada uma levou o seu álbum. A Luana nasceu de sete meses, tem uma foto dela na palma da mão do pai dela. Parecia um passarinho. A Helena também já foi minúscula. Só eu nasci obesa, minhas bochechas pareciam as do Fofão, um horror, apesar delas acharem uma gracinha. Conhecemos o pai da Taís, que já morreu, e o pai da Ana Elisa, que mora em Belém do Pará, vimos fotos da Maíra quando ela morava em Paris, ela nasceu lá, morremos de inveja.

Por incrível que pareça, nós já temos um passado. É um passado pequeno, afinal, nossa vida mal começou, mas é o nosso passado. Não precisa ser velho pra se ter recordações, saudade, essas coisas que os adultos pensam que só eles têm.

O sufoco foi na volta pra casa. Eu, a Carol e a Maíra pegamos o metrô. Quando descemos nas Clínicas e fomos para o ponto de ônibus, eu vi que estava sem o meu álbum de fotografias. Me deu um desespero total, entrei em pânico. Comecei a gritar no meio da rua, fiz um escândalo. As meninas tentavam me acalmar. Parecia que eu tinha perdido minha própria vida. Um pesadelo. Voltamos correndo para a estação e fomos conversar com o segurança. Ele disse para irmos até a sessão de achados e perdidos do metrô, pois é lá que eles guardam o que encontram nos trens.

Quando minha mãe perguntou do álbum, eu disse que tinha deixado na casa da Helena. Aquelas mentirinhas que a gente inventa enquanto não tem uma idéia melhor para escapar da bronca. Claro que se o álbum não aparecesse, eu teria que contar a verdade, mas eu ainda tinha uma chance.

No dia seguinte, lá fomos nós para a estação Sé do metrô. As meninas foram comigo. Solidárias, aflitas, roendo as unhas.

Gente, é impressionante o que se perde de coisas no metrô, contando ninguém acredita, tem de tudo, as coisas mais malucas: dentadura, muleta, pastas, malas, guarda-chuva? Mais de mil.

Eu descrevi como era o álbum e, acreditem se quiser, ELE ESTAVA LÁ! Quando o homem apareceu com ele nas mãos, meu coração disparou. Ele abriu o álbum e disse (tirando sarro):

— Deixa eu ver se é você mesma.

Começou a folhear, olhando as fotos, devassando minha intimidade.

— É meu, sim senhor, o senhor não está me vendo aí?

— É... você era um pouco diferente... mas as bochechas continuam as mesmas.

Que ódio! Ser reconhecida pelas bochechas! Mesmo assim, agradeci, peguei o álbum e saí gritando feito uma maluca: EU ME ENCONTREI! EU ME ENCONTREI! Quem assistiu a cena morreu de rir.

Voltei pra casa na maior alegria.

Espero nunca mais ter que me buscar na sessão de achados e perdidos. A experiência foi *trash*.

THE END

Meu diário está chegando ao fim, que peninha.
Esta é a última página e eu já estou com saudade dele.
Tudo que vivi esse ano está aqui registrado. Todas as alegrias, tristezas, maluquices, raivas, desespero, tudo. Não escondi nada. Foi muito legal.
Vou gostar de ler isso quando for mais velha, ver o que eu passei, mostrar aos meus filhos como a mãe deles era louca.
Amanhã é o meu aniversário de 16 anos. Vou sair para jantar com meus pais, meu irmão e a tia Bi, as pessoas que eu mais amo na vida. O Turbo só não vai porque os restaurantes têm *preconceito* contra cachorros. Um absurdo!
No sábado eu vou dar uma festa pra galera. Vai ser um arraso. Forró a noite inteira, vou me acabar de dançar.
Já comprei meu vestido, preto, lindo, grudado no corpo, decotado. Estou magérrima, vou ficar maravilhosa.
Vou fazer escova no cabelo, maquiagem, colocar uns brincos enormes e um sapato de saltão.

Confidencial

O babaca do meu irmão disse que eu vou ficar parecendo a Mortiça com esse vestido e esse cabelo, mas meu irmão é um caso patológico e eu aprendi a não dar ouvidos pro que ele diz.

Nada vai estragar minha festa.

Vou estar maravilhosa. Fazer 16 anos é o máximo. Melhor do que 15 e pior do que 17, espero.

Estou felicíssima!

Amanhã mesmo vou comprar outro diário pra escrever como foi a festa. Fiquei viciada em escrever. Talvez eu me torne uma escritora como a tia Bi, por que não?

Estão tocando a campainha, meu Deus, quem será?

Bye.

Adeus.

Até amanhã.

Estou supernervosa.

THE END

COLEÇÃO 34 INFANTO-JUVENIL

FICÇÃO BRASILEIRA

*Histórias de mágicos
e meninos*
Caique Botkay

O lago da memória
Ivanir Calado

O Clube dos Sete
Marconi Leal

Perigo no sertão
Marconi Leal

O sumiço
Marconi Leal

O país sem nome
Marconi Leal

Tumbu
Marconi Leal

Confidencial
Ivana Arruda Leite

As mil taturanas douradas
Furio Lonza

Viagem a Trevaterra
Luiz Roberto Mee

Crônica da Grande Guerra
Luiz Roberto Mee

A pequena menininha
Antônio Pinto

Pé de guerra
Sonia Robatto

A botija
Clotilde Tavares

FICÇÃO ESTRANGEIRA

Comandante Hussi
Jorge Araújo e
Pedro Sousa Pereira

Eu era uma adolescente encanada
Ros Asquith

O dia em que a verdade sumiu
Pierre-Yves Bourdil

O jardim secreto
Frances Hodgson Burnett

A princesinha
Frances Hodgson Burnett

O pequeno lorde
Frances Hodgson Burnett

Os ladrões do sol
Gus Clarke

Os pestes
Roald Dahl

O remédio maravilhoso de Jorge
Roald Dahl

James e o pêssego gigante
Roald Dahl

O BGA
Roald Dahl

O Toque de Ouro
Nathaniel Hawthorne

Jack
A. M. Homes

A foca branca
Rudyard Kipling

Rikki-tikki-tavi
Rudyard Kipling

Uma semana cheia de sábados
Paul Maar

*Diário de um adolescente
hipocondríaco*
Aidan Macfarlane e
Ann McPherson

O diário de Susie
Aidan Macfarlane e
Ann McPherson

Histórias da pré-história
Alberto Moravia

Cinco crianças e um segredo
Edith Nesbit

*Trio Enganatempo: Cavaleiros
por acaso na corte do rei Arthur*
Jon Scieszka

*Trio Enganatempo:
O tesouro do pirata Barba Negra*
Jon Scieszka

*Trio Enganatempo:
O bom, o mau e o pateta*
Jon Scieszka

*Trio Enganatempo:
Sua mãe era uma Neanderthal*
Jon Scieszka

Chocolóvski: O aniversário
Angela Sommer-Bodenburg

*Chocolóvski:
Vida de cachorro é boa*
Angela Sommer-Bodenburg

*Chocolóvski: Cuidado,
caçadores de cachorros!*
Angela Sommer-Bodenburg

O maníaco Magee
Jerry Spinelli

Histórias de Bulka
Lev Tolstói

O cão fantasma
Ivan Turguêniev

A pequena marionete
Gabrielle Vincent

Norte
Alan Zweibel

POESIA

*Histórias com poesia,
alguns bichos & cia.*
Duda Machado

Tudo tem a sua história
Duda Machado

*O flautista misterioso
e os ratos de Hamelin*
Braulio Tavares

A Pedra do Meio-Dia ou
Artur e Isadora
Braulio Tavares

Mandaliques
Tatiana Belinky

Limeriques do bípede apaixonado
Tatiana Belinky

TEATRO

As Aves
Aristófanes

Lisístrata ou *A Greve do Sexo*
Aristófanes

Pluto ou
Um deus chamado dinheiro
Aristófanes

Este livro foi composto em Lucida Sans
pela Bracher & Malta, com fotolitos do
Bureau 34 e impresso pela Bartira Gráfica
e Editora em papel Alta-Alvura 75 g/m^2
da Cia. Suzano de Papel e Celulose para
a Editora 34, em março de 2008.